NATIONAL GEOGRAPHIC KiDS

DINOSAURIOS
LIBRO DE ACTIVIDADES CON ETIQUETAS

Arranca las páginas que tienen las etiquetas
y tenlas a mano, para cuando completes
cada página. ¡También hay muchas etiquetas
demás para que las uses en este libro
o donde quieras!
¡Que te diviertas!

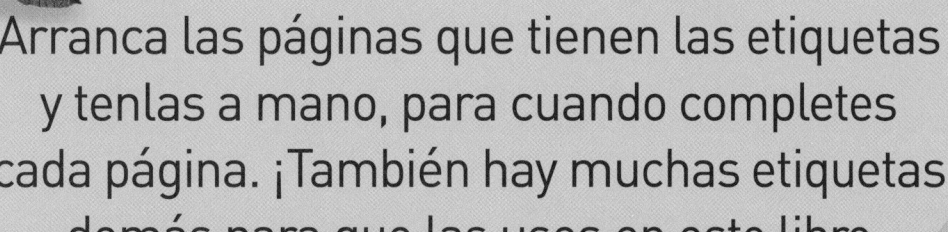

NATIONAL GEOGRAPHIC
Washington, D.C.
Consultor: Peter Ricketts
Edición, diseño y producción por:
make believe ideas

Grupo Nelson
Una división de Thomas Nelson Publishers
Desde 1798

Créditos de ilustración: Todas las ilustraciones de dinosaurios son de **Franco Tempesta/National Geographic** con excepción de: **DAMN FX/National Geographic Creative:** 35 tl; **John Sibbick/National Geographic Creative:** 36 tm (pteranodon); **Make Believe Ideas:** 1 tl; ml; mr, 2 tr, 2, 3 m (T. rex), 3 tl; ml; m; mr, 4 tm; br, 5 br (rama), 6, 7 m (diplodocus), 7 bl, 9 ml, 12 tr, 14 tl; mr; 15 tl; ml; mr; bl, 19 m, 20 mr, 24 ml; mr; bm; br, 25 tl; ml; br, 26 ml; mr; imágenes de laberinto: alosaurio x2: tr; m, 27 tl; ml; 29 tm; mr, 30 tl; bl; br, 31 mr (parasaurolofus x3); bl, 33 mr (libélula); mr (mariposa), 34 tl, 34, 35 m (cronosaurio), 36 tm; m (pterosaurio x2); mr; bl (pterosaurio x2); br, 36, 37 (fondo), 37 tm; mr; bm (pterosaurio x3); bl (pterosaurio); bl (pelota); br (pterosaurio rojo); br (alga marina); **Make Believe Ideas/Graham Kennedy:** 30 tm; ml; mr; **Shutterstock:** 3 bm (jojhas x6); bm (huevos x2), 6 m, 8 tr (fondo), 14 ml; bm (fondo); 15 bm, 17 mr, 21 m; tr, 24, 25 b (fondo), 26 imágenes de laberinto: ceratosaurio x2: mr; bl, hoja : br, 33 mr (semillas), 36 bm; **Xing Lida/National Geographic Creative:** 33 bm.

Páginas con etiquetas: Todas las ilustraciones de dinosaurios son de **Franco Tempesta/National Geographic** con excepción de: **John Sibbick/National Geographic Creative:** 12, 13 oviraptor, 36, 37 quetzalcoatlus, 40 alamosaurus; anchiceratops; dromiceiomimus; troodon; **Make Believe Ideas:** 2, 3 pteranodon x2; T. rex x4, 4, 5 huesos x2; hojas x3 (combinadas); dinosaurios x4; aves x4, 6, 7 dinosaurios x7, 8, 9 amargasaurus; iguanodonte, 10, 11 paquicefalosaurio; dilofosaurio, 14, 15 dinosaurios x3; cráneos de dinosaurio x2; osito, 20, 21 deinonicus, 22, 23 anquilosaurio, 24, 25 cuernos x3; cráneo de triceratops (mediano), 26, 27 anquilosaurio x2; mandarina, 28, 29 4x4; bus escolar; iglú; cama; apatosaurio, 32, 33 helado; camiseta, 36, 37 pterosaurio; pteranodon, 38, 39 cráneos x2; esqueleto; **Make Believe Ideas/Graham Kennedy:** 30, 31 coritosaurio (actividad de parejas); saurolofus; lambeosaurio; **Pixeldust Studios/National Geographic Creative:** 10, 11 carnotaurus, 16, 17 masiakasaurus; **Raul Martin/National Geographic Creative:** 34, 35 deinosuchus; **Shutterstock:** 2, 3 huevos x3, 4, 5 hoja x4, 24, 25 cráneo de triceratops (chico) x2, 28, 29 bote; casa; argentinosaurio, 34, 35 plesiosaurio; **Xing Lida/National Geographic Creative:** 32, 33 caudipteryx; microraptor x4.
Make Believe Ideas imágenes de dinosaurios de productos provistos por: www.dinosaurtime.co.uk.

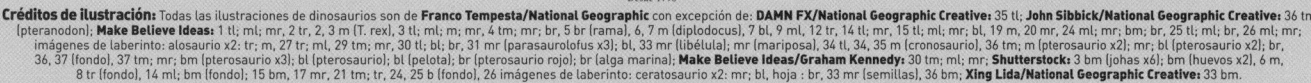

¿Qué es un dinosaurio?

Los dinosaurios eran animales que vivieron hace más de 65 millones de años.

Colorea la piel del T. rex.

Tiranosaurio rex

Encuentra las etiquetas que faltan para completar el T. rex.

piel escamosa

cola larga

2

¡Conoce los diferentes dinos!

Los dinosaurios se dividen en grupos según la forma de su cadera: de lagarto como el alosaurio, o de ave como el estegosaurio.

Alosaurio

Pega sobre los esqueletos las diferentes formas de huesos de la cadera.

Estegosaurio

Los dinosaurios con cadera de ave solo comían plantas.

Pega ricas plantas para que las coma el dinosaurio.

Parasaurolofus

4

CADERA DE AVE

Triceratops

Estegosaurio

Pega las etiquetas de los dinosaurios para ver a qué grupo pertenecían.

CADERA DE LAGARTO

Braquiosaurio

T. rex

Algunos dinosaurios ornistiquios son ancestros de las aves de hoy.

Colorea al dinosaurio.

Velociraptor

Pega las etiquetas de los pájaros.

La era de los dinosaurios

Ayuda al dinosaurio a pasar por el laberinto hasta donde está su amigo.

Entrada

Los dinosaurios vivieron en diferentes períodos: Triásico, Jurásico y Cretáceo.

Salida

Pega los dinosaurios sobre la línea de tiempo para saber cuándo vivieron.

Diplodocus

Plateosaurio

Coelofisis

Estegosaurio

Hace... 252 millones de años Triásico.

201 millones de años Jurásico.

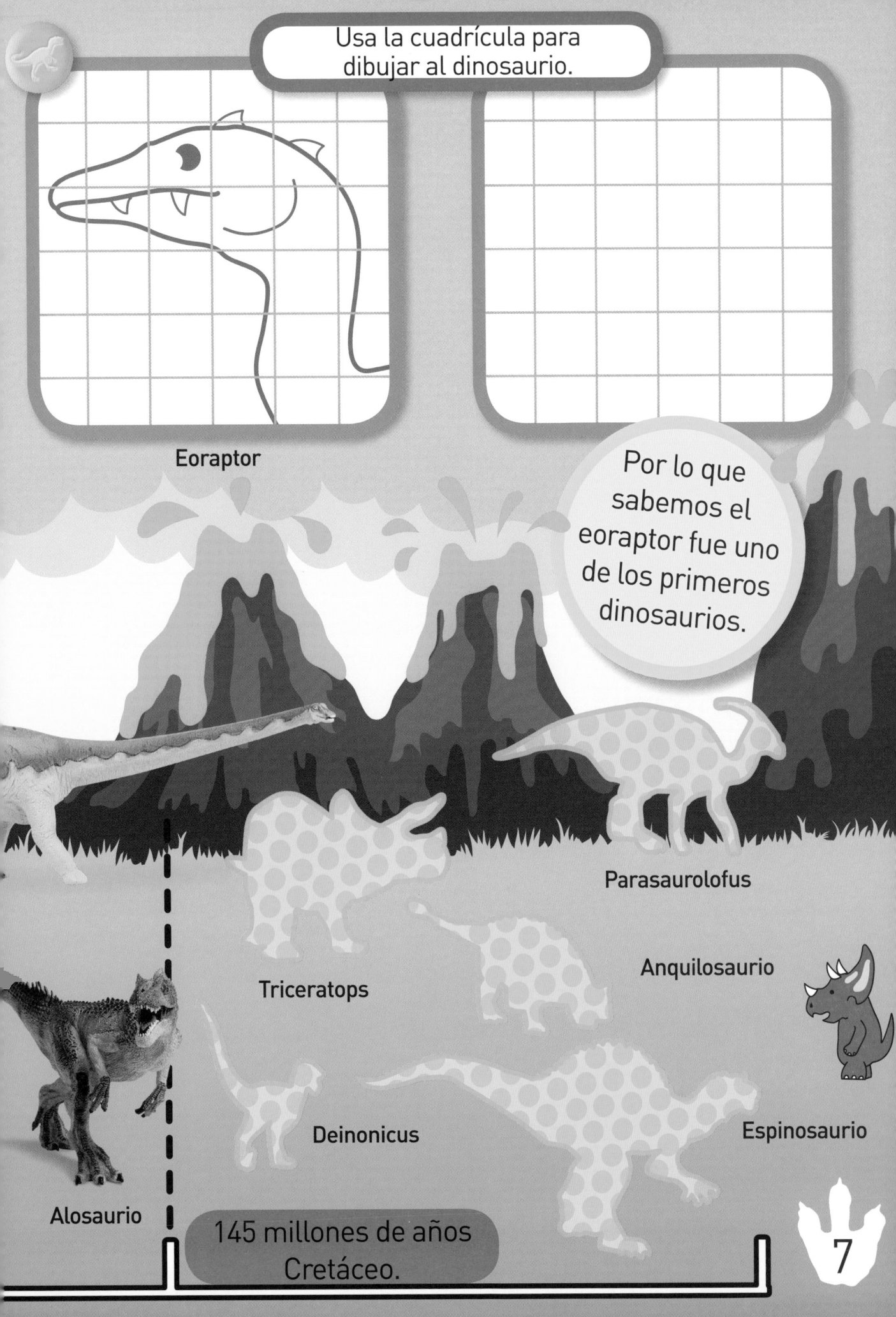

Usa la cuadrícula para dibujar al dinosaurio.

Eoraptor

Por lo que sabemos el eoraptor fue uno de los primeros dinosaurios.

Parasaurolofus

Anquilosaurio

Triceratops

Espinosaurio

Deinonicus

Alosaurio

145 millones de años
Cretáceo.

Dinos geniales, del Triásico, Jurásico y Cretáceo

TRIÁSICO

El coelofisis era carnívoro, o sea que comía a otros animales.

Coelofisis

¡Ayuda al coelofisis a hallar su comida!

Herrerasaurio

Riojasaurio

¡Completa el volcán en erupción!

JURÁSICO

Los científicos usaron los fósiles del arqueopterix para descubrir qué aves son parientes de los dinosaurios.

Arqueopterix

Yanchuanosaurio

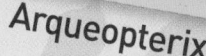
¡Pega las coloridas plumas de dinosaurio!

Braquiosaurio

CRETÁCEO

Estos dinosaurios del Cretáceo eran...

¡CHICOS!

Microraptor

¡ESPINOSOS!

Amargasaurio

Pega las etiquetas que faltan.

¡CON PINCHOS!

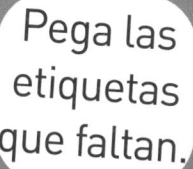

¡FEROCES!
Tiranosaurio rex

¡PUNTIAGUDOS!

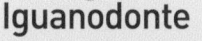
Iguanodonte

Triceratops

Dinos raros y maravillosos

Encuentra las etiquetas que faltan y colorea los marcos.

Aunque las garras del terizinosaurio tenían unos 70 cm. de largo, es probable que solo comiera plantas.

Terizinosaurio

Carnotaurus

El paquicefalosaurio tenía un cráneo ultra grueso.

El carnotaurus tenía brazos muy pequeños.

Paquicefalosaurio

¡Dibuja una cara de dinosaurio bien divertida!

¡El ouranosaurio tenía espinas supergrandes!

Ouranosaurio

Shunosaurio

El shunosaurio tenía una cola en forma de garrote.

Dilofosaurio

¡Usa colores y etiquetas para diseñar una cresta de dinosaurio, como más te guste!

El dilofosaurio tenía una cresta en la cabeza.

¡Los dinos bebés salían de huevos!

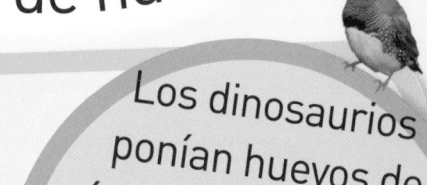

Los dinosaurios ponían huevos de cáscara dura, como lo hacen las aves. Y es probable que muchos dinosaurios también tuvieran plumas.

Pinta los huevos y las etiquetas. Luego ¡marca al dino que ya rompió el cascarón!

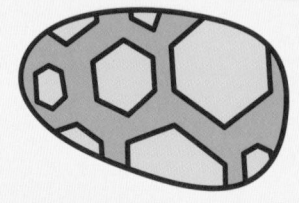

Oviraptor

El oviraptor construía el nido para sus bebés.

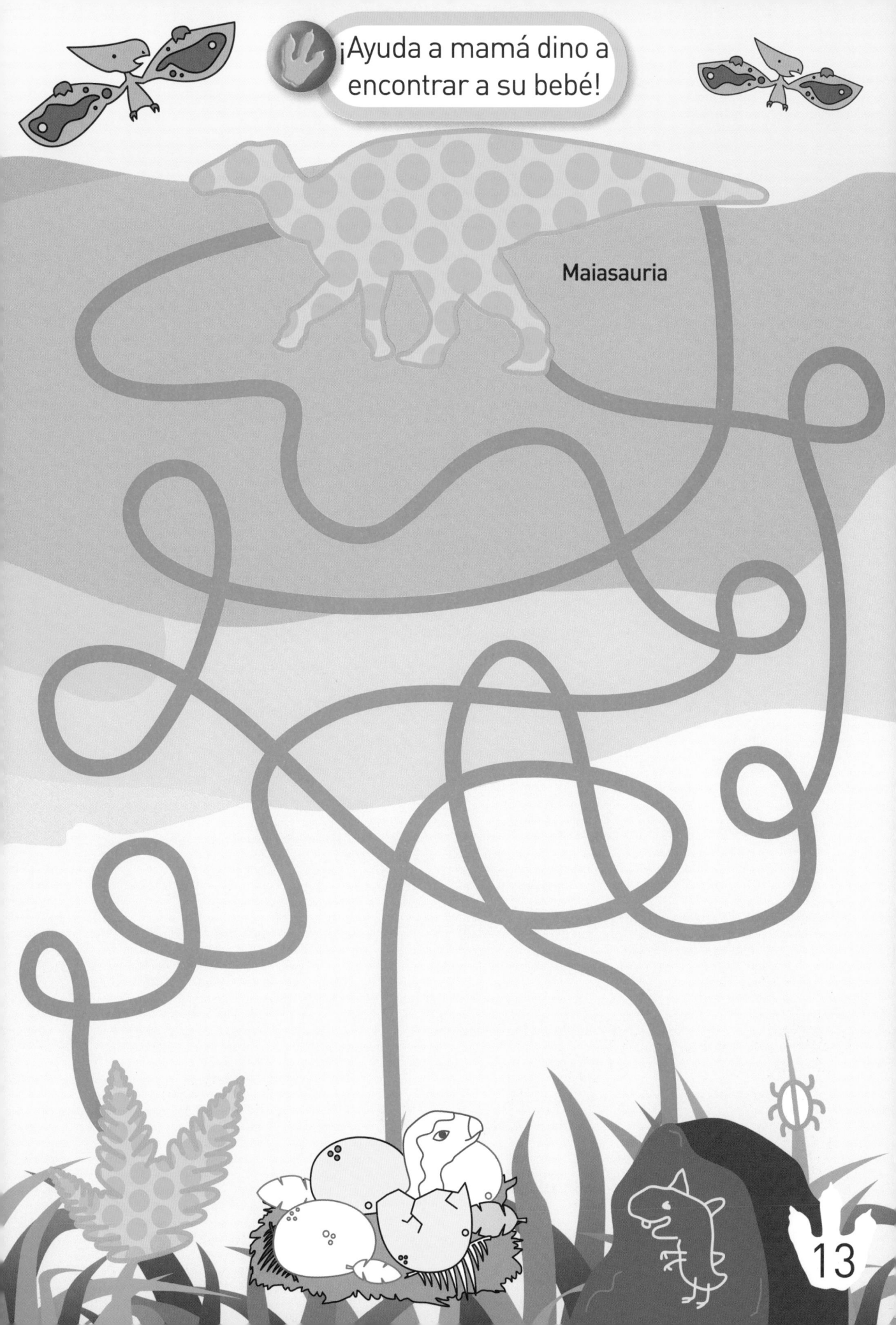

Los depredadores cazaban animales para comerlos

¡Ayuda al alosaurio a encontrar su comida!

Alosaurio

El alosaurio comía carne. Sus dientes afilados medían hasta 10 cm. de largo.

Estegosaurio

Pega las etiquetas de los cráneos de los depredadores.

Alosaurio

Ceratosaurio

Rajasaurio

14

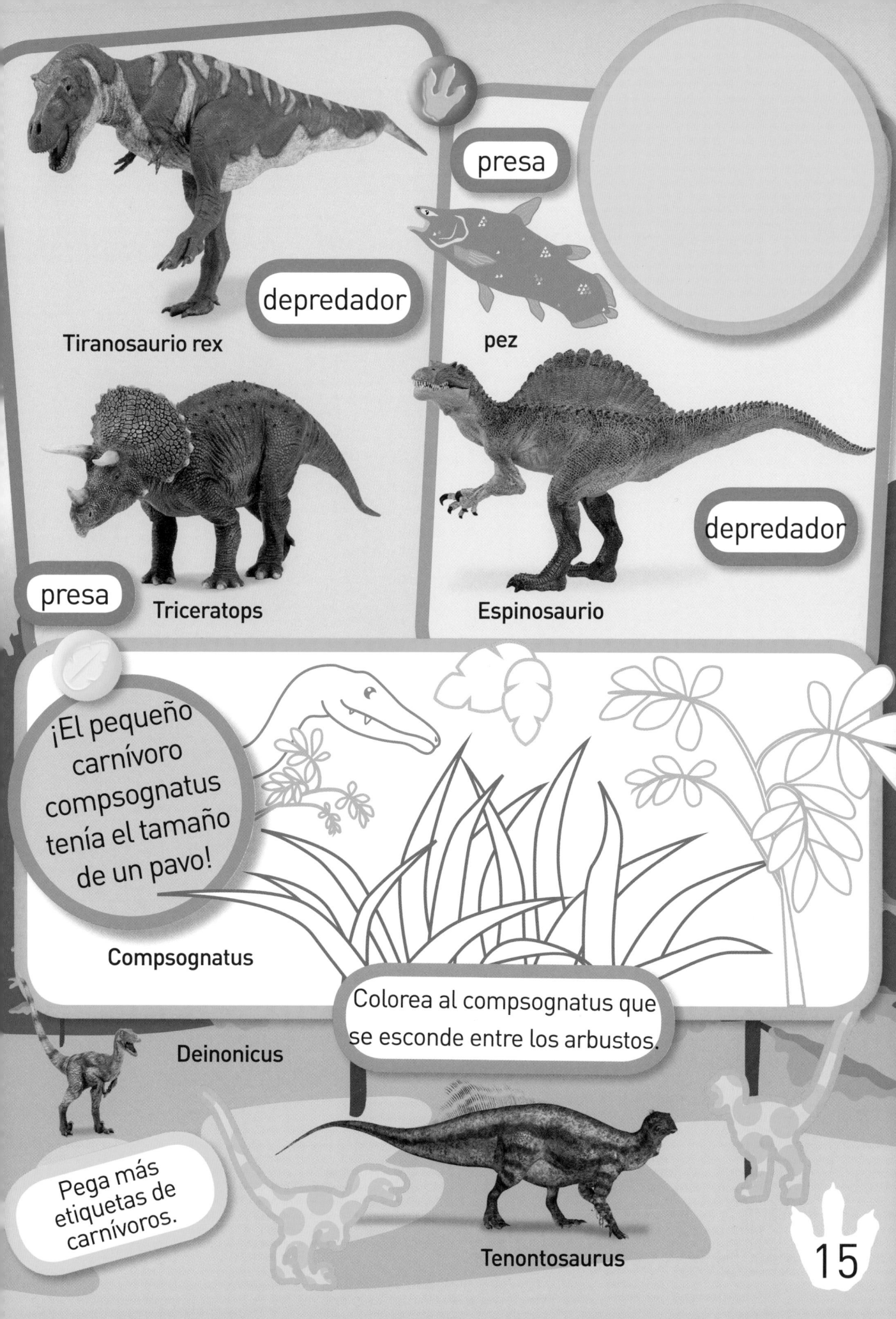

presa

depredador

Tiranosaurio rex

pez

Triceratops

Espinosaurio

depredador

presa

¡El pequeño carnívoro compsognatus tenía el tamaño de un pavo!

Compsognatus

Colorea al compsognatus que se esconde entre los arbustos.

Deinonicus

Pega más etiquetas de carnívoros.

Tenontosaurus

15

¡El **T. rex** era un cazador grande y malo!

Colorea al T. rex y pega sus afilados dientes.

¡Las mandíbulas del T. rex eran tan grandes que podría haber tragado una persona entera!

Pega etiquetas de otros gigantes carnívoros como el T. rex.

16

Carcharodontosaurio

Megalosaurio

¡El T. rex tenía los brazos tan cortitos que no le llegaban a la boca!

Dibuja los brazos del dinosaurio y pega las etiquetas.

T. rex

Giganotosaurio

Masiakasaurus

17

Espinosaurio y baryonyx

¡feroces carnívoros!

El espinosaurio y el baryonyx tenían dientes afilados y garras en forma de gancho para pescar.

Baryonyx

Espinosaurio

¿Quién logrará pescar su comida?

¡El espinosaurio podía llegar a medir más de 15 metros de largo, y sus espinas medían al menos 1,5 metros!

Colorea las enormes espinas.

Pega y colorea más peces para el espinosaurio.

Velociraptor y deinonicus
¡depredadores muy veloces!

Ayuda al deinonicus a encontrar a su presa.

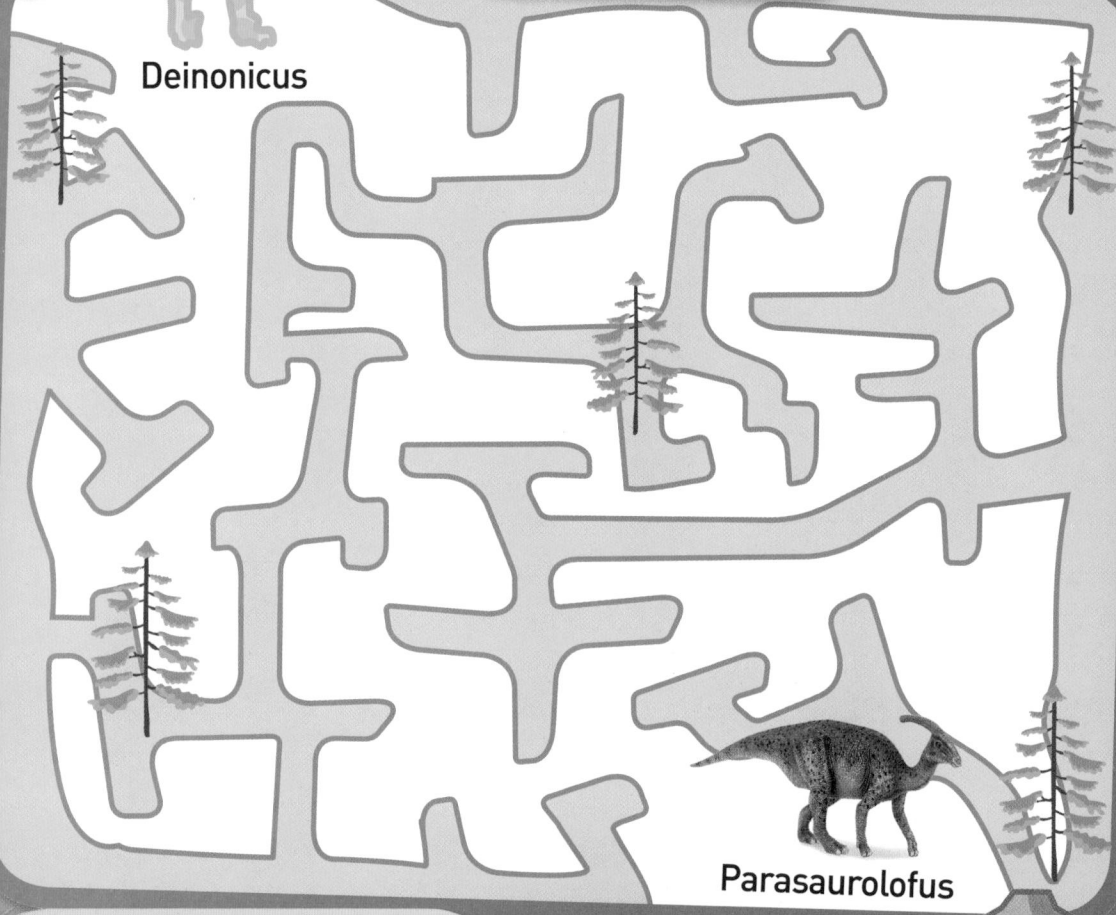

Deinonicus

Parasaurolofus

Conecta los puntos para descubrir al deinonicus.

20

El deinonicus y el velociraptor tenían una garra larga y afilada en cada pata trasera ¡y con ella podían cortar a sus presas en pedacitos!

Velociraptor

Pega las etiquetas para completar la colección de pinchos.

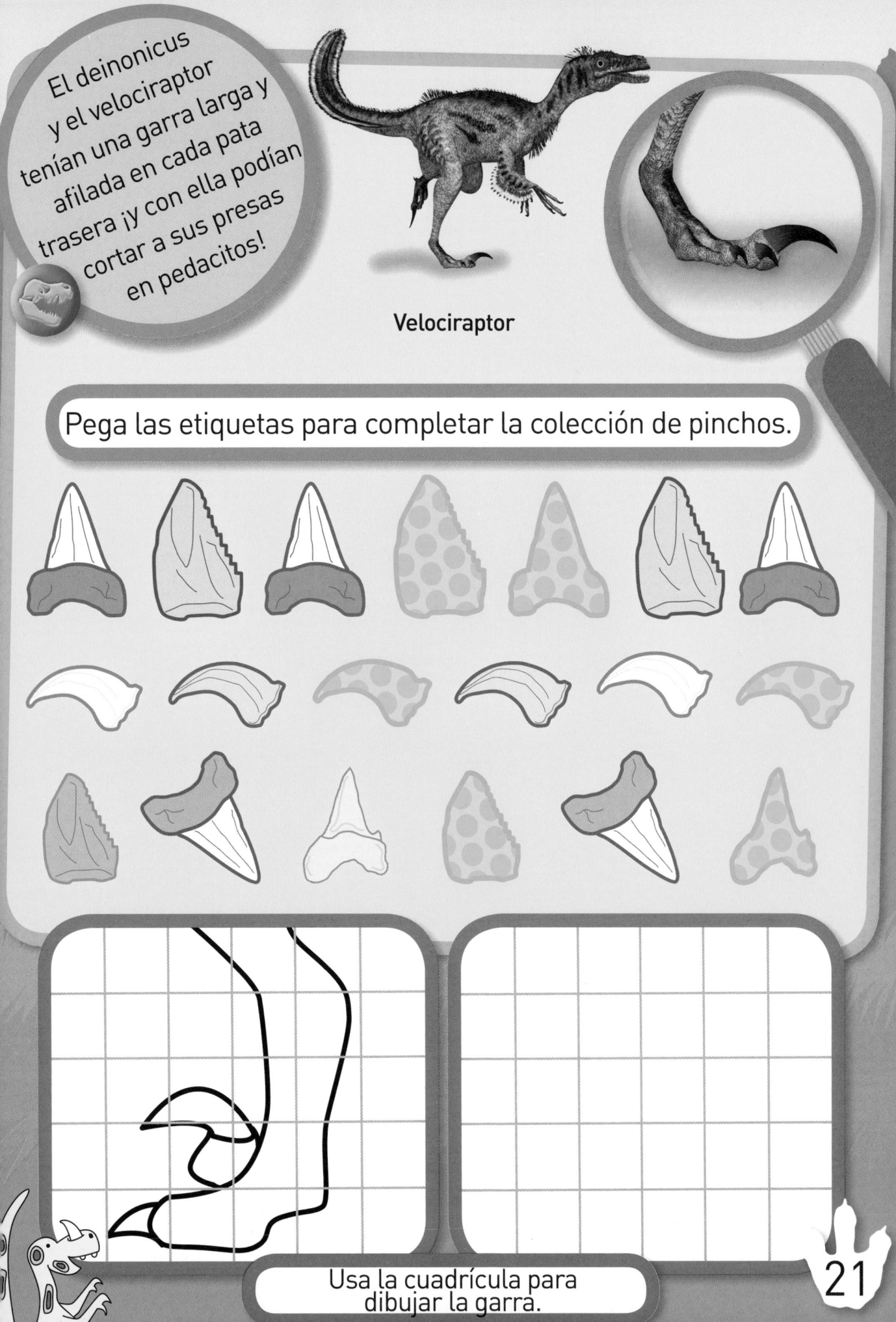

Usa la cuadrícula para dibujar la garra.

¡Los dinos herbívoros comían plantas!

Conecta los puntos para encontrar al anquilosaurio, y luego píntalo.

El anquilosaurio tenía que comer muchísimas plantas para alimentarse ¡y es probable que eso le produjera muchos gases!

Anquilosaurio

Braquiosaurio

¡Colorea al braquiosaurio!

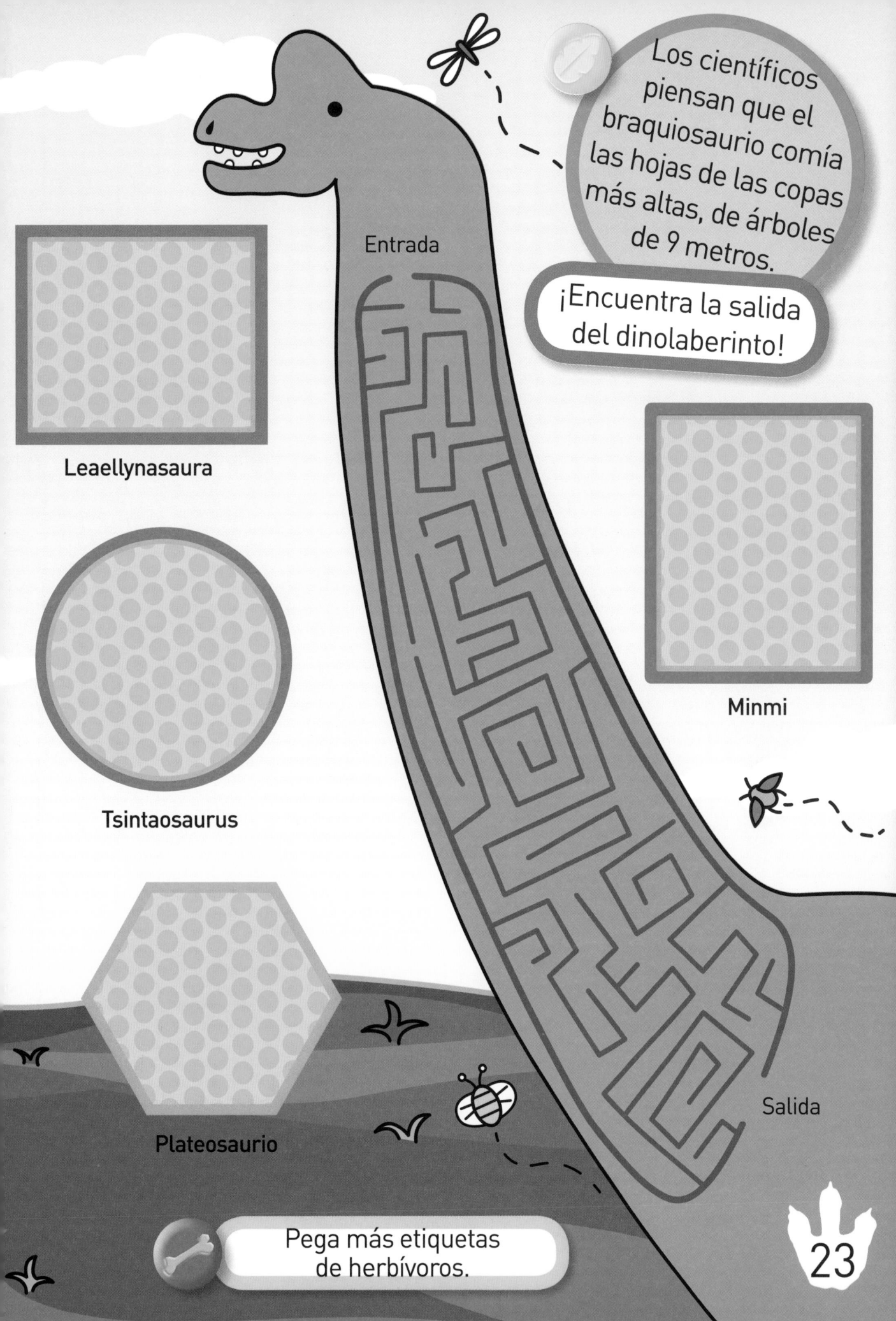

Los científicos piensan que el braquiosaurio comía las hojas de las copas más altas, de árboles de 9 metros.

¡Encuentra la salida del dinolaberinto!

Entrada

Leaellynasaura

Tsintaosaurus

Plateosaurio

Minmi

Salida

Pega más etiquetas de herbívoros.

23

¡Triceratops quiere decir «cara con tres cuernos»!

Pega los cuernos del triceratops.

El cráneo del triceratops era enorme y ocupaba un tercio del largo total del cuerpo.

El triceratops era un dino genial.

BOCA EN FORMA DE PICO

CUELLO CON PUNTAS

Pega más plantas para que las coma el triceratops.

Encuentra a los cinco triceratops pequeñitos que se esconden del T. rex.

Los científicos piensan que el triceratops era a menudo perseguido por T. rex.

Dibuja, colorea y pega etiquetas para completar la excavación.

T. rex

Dibuja un cráneo.

¿Quién está escondido debajo de la tierra?

Une los puntos para dibujar el cráneo.

25

¡Dinos con armadura increíbles!

El estegosaurio tenía placas óseas (de hueso) y pinchos en la cola.

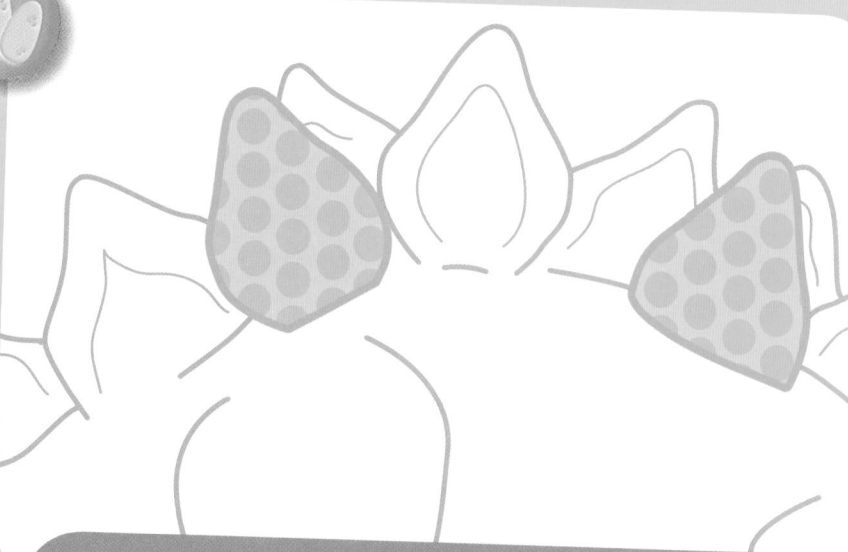

Pega y colorea las placas del estegosaurio.

Entrada

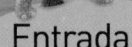

Llegada

La panza del anquilosaurio era la única parte de su cuerpo que no estaba cubierta por su armadura.

Ayuda al estegosaurio a alcanzar su comida sin encontrarse con el alosaurio o el ceratosaurio.

¡Con su cola de garrote el anquilosaurio estaba listo para la batalla!

Encuentra las etiquetas que faltan para la armadura del anquilosaurio.

El cerebro del estegosaurio tenía el tamaño de una mandarina. ¡Qué pequeño!

Usa la cuadrícula para dibujar al dinosaurio.

Estegosaurio

27

¡Encuentra más saurópodos gigantes!

Pega objetos familiares para ver qué tan grandes eran estas bestias.

Mamenchisaurio

Argentinosaurio

¡El mamenchisaurio y el argentinosaurio eran dos de los dinos más grandes del mundo!

Diplodocus

Pega más huellas de dinosaurios.

¡En una huella de dino podrías darte un lindo baño!

Apatosaurio

29

¡Descubre los dinos pico de pato!

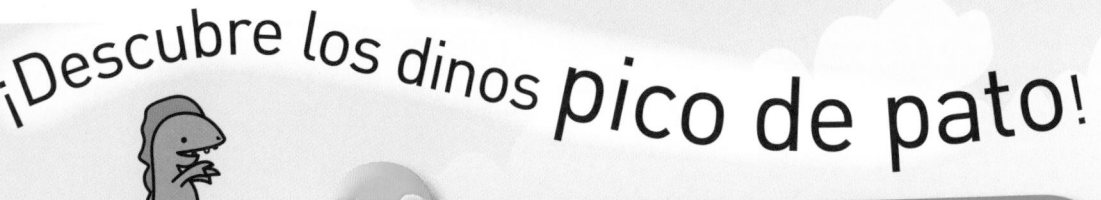

Pega los dinos pico de pato, y une las parejas trazando líneas.

Parasaurolofus

Saurolofus

Lambeosaurio

Coritosaurio

¡Piii! ¡Piii!

¡Con la cresta de su cabeza, el parasaurolofus quizá sonaría como la bocina de un automovil!

Pega una canción de colores aquí, para estos ruidosos dinosaurios.

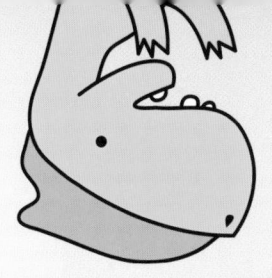

Coritosaurio

Edmontosaurio

¡Dibújate montando este parasaurolofus!

¡Los humanos tenemos hasta 32 dientes, pero algunos dinosaurios pico de pato tenían unos 1.500!

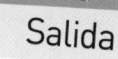

Salida

Entrada

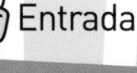

Ayuda a mamá parasaurolofus a encontrar a sus tres bebés.

¡Divertidos dinos con plumas!

Caudipteryx

¡Pinta las plumas de colores brillantes!

El caudipteryx tenía una cola con plumas y era del tamaño de un pavo, pero los científicos no se ponen de acuerdo: ¿era un dino o un pájaro?

Encuentra las etiquetas que faltan, luego encuentra la cola diferente.

Dibuja la otra mitad de la cola.

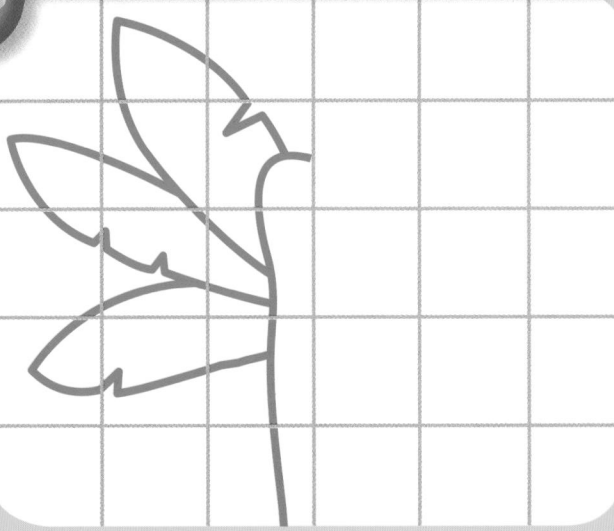

¡Ayuda al caudipteryx a encontrar semillas e insectos para comer!

El microraptor era otro de los dinosaurios con plumas. ¡Hasta las tenía en las patas traseras!

Microraptor

Pega aquí los amigos del microraptor.

33

¡Increíbles criaturas que vivían en el océano!

Todos estos increíbles animales vivían en el agua, o cerca del mar. NO eran dinosaurios.

Elasmosaurio

Entrada

Plesiosaurio

Salida

¡Ayuda al plesiosaurio a nadar por el mar, sin golpearse con las rocas ni cruzarse con los peces!

Ticinosuchus

El ticinosuchus era un depredador pequeño pero muy fuerte, que cazaba animales en los pantanos.

Deinosuchus

El deinosuchus era un cocodrilo gigante. ¡Podía llegar a medir 11 metros de largo!

Cronosaurio

Ictiosaurio

Liopleurodon

Colorea al liopleurodon.

Los pterosaurios volaban por los cielos.

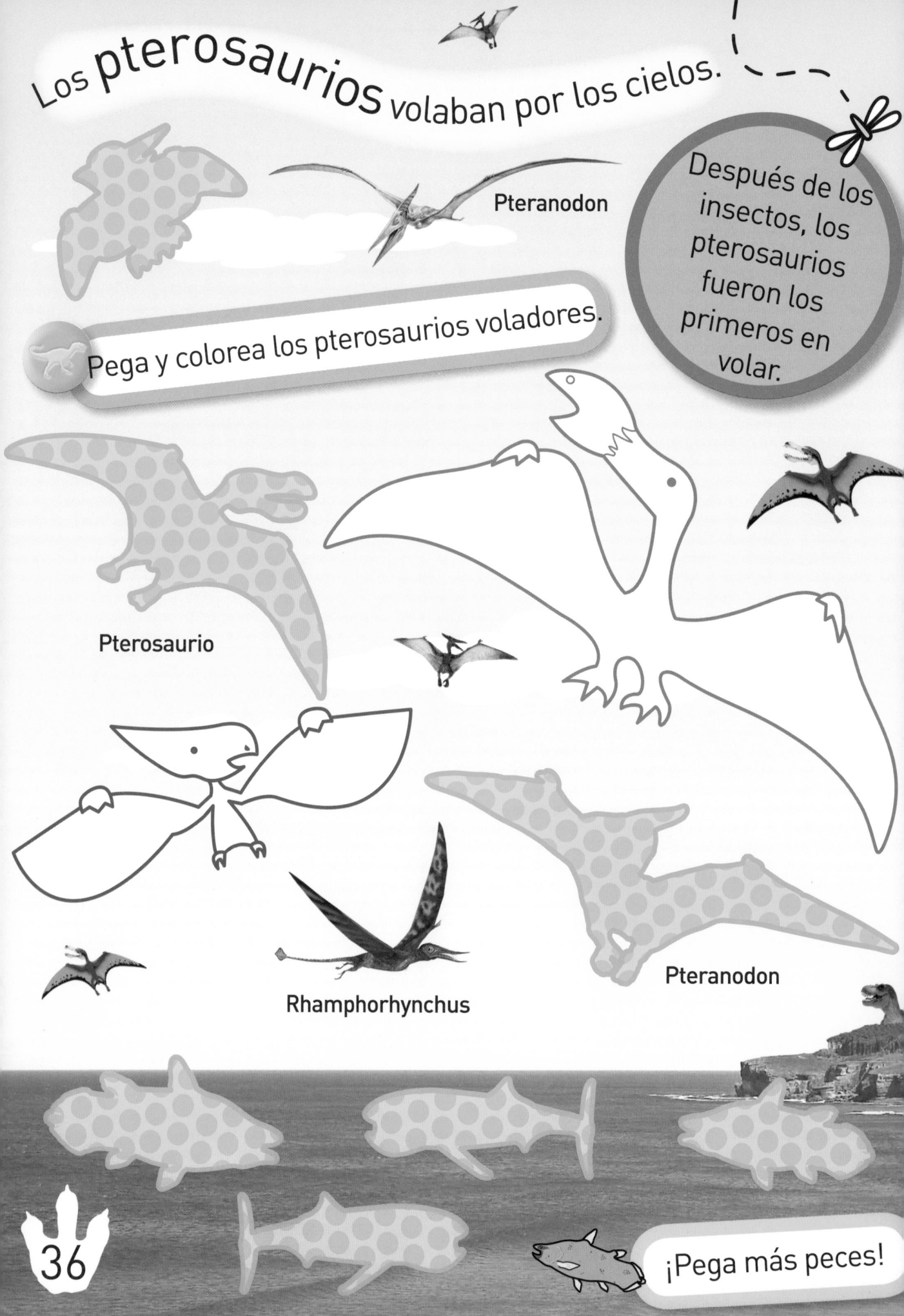

Pteranodon

Después de los insectos, los pterosaurios fueron los primeros en volar.

Pega y colorea los pterosaurios voladores.

Pterosaurio

Pteranodon

Rhamphorhynchus

36

¡Pega más peces!

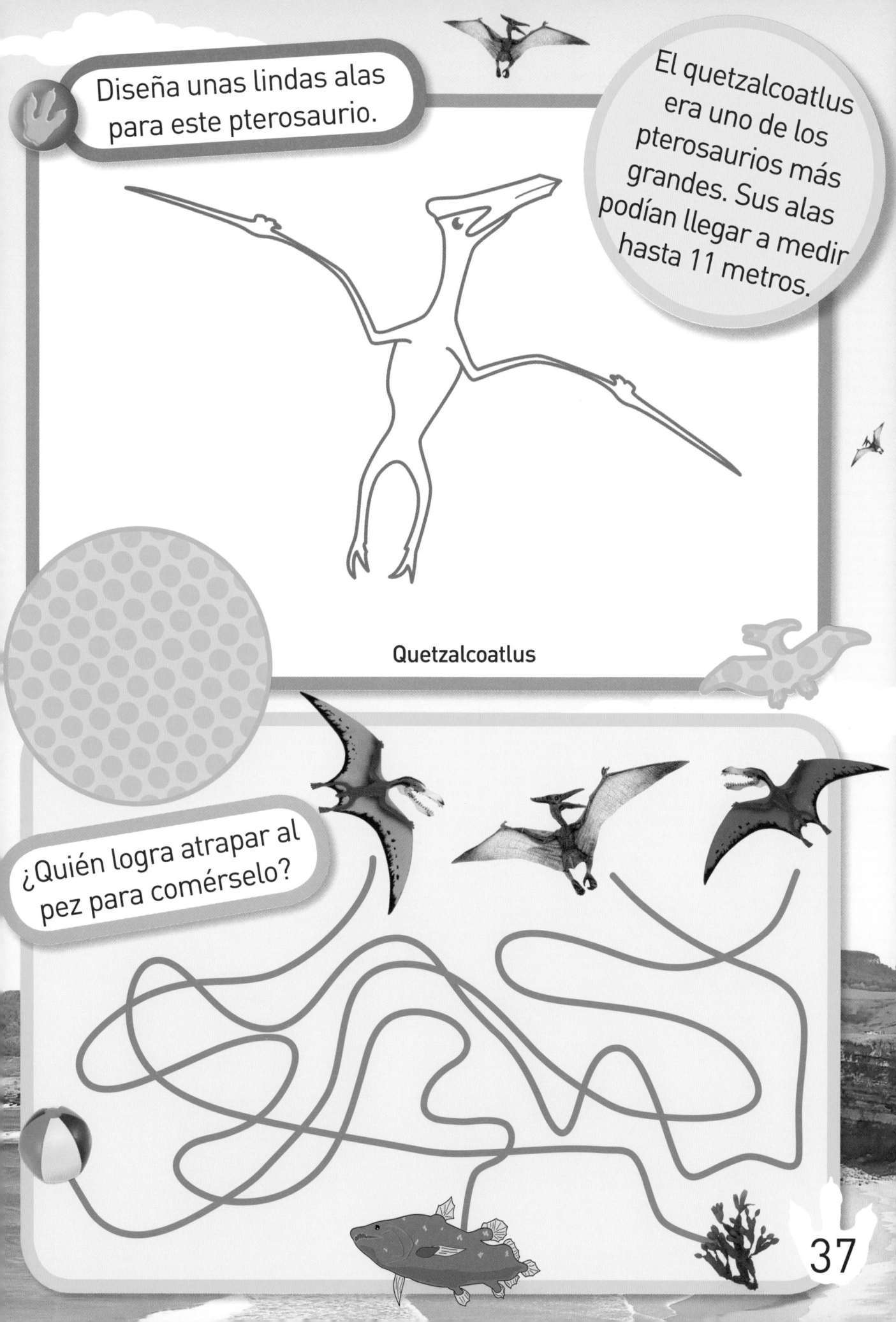

Diseña unas lindas alas para este pterosaurio.

El quetzalcoatlus era uno de los pterosaurios más grandes. Sus alas podían llegar a medir hasta 11 metros.

Quetzalcoatlus

¿Quién logra atrapar al pez para comérselo?

¡Sé un cazador de fósiles!

Une los puntos para descubrir el fósil.

Vamos aprendiendo sobre los dinosaurios a partir de los fósiles de sus huesos y dientes, que suelen encontrarse en las rocas.

Usa la cuadrícula para dibujar el fósil.

¡Mis **dinos** favoritos!

Une los puntos.

¡Dibuja un dino genial!

40

Pega los dinos aquí.